AF461371

PORTRAIT
DU SOLITAIRE
DES ARDENNES,

PRÉCÉDÉ

D'UN ENTRETIEN AVEC SES FLEURS,

Et d'un détail de ſa vie champêtre.

Parve, nec invideo, ſine me liber ibis in urbem.

Triſtes d'Ovide.

AUX ARDENNES.

1789.

ÉPITRE
A MADAME La *D. G. D. F.*

MADAME,

ENtraîné par la reconnaissance, j'ai essayé, dans ma solitude, de faire votre portrait, afin d'avoir sans cesse devant mes yeux l'image de ma Bienfaitrice & de celle des malheureux : je prétendois le faire connoître à toute l'Europe. L'ouvrage étoit déjà commencé : mais la réflexion, ce présent si beau que la Divinité a fait à l'homme, pour le soustraire à une infinité de fautes, est venue heureusement à mon secours. Votre modestie, & mon insuffisance se sont présentées à mon esprit. Aussi-tôt j'abandonnai l'idée d'un projet que j'eusse réalisé avec plaisir ; mais qui ne le sera pas, parce qu'il a été conçu avec trop de légèreté. Cependant, MADAME, *ma palette étoit toute disposée, & mes pinceaux tout prêts à être trempés dans les couleurs de la vérité. Comme je suis assez naturellement paresseux, & que la toilette des peintres est un peu plus longue que les toilettes ordinaires, je n'ai point voulu perdre ni mes peines, ni mon étalage. Qu'ai-je fait,* MADAME ? *J'ai honte de vous le dire. J'ai achevé mon portrait que j'avois esquissé il y a quelque tems, dans des momens de loisir. Je prends la liberté de vous l'envoyer; daignez y jetter un seul regard, ne fût-ce que pour vous délasser un moment de vos charitables & continuelles occupations. La nature & la vérité ayant toujours eu des droits sur votre cœur, je suis assuré que le portrait, aussi naturel que vrai, du* Solitaire des Ardennes *ne vous déplaira pas.*

Je suis avec le plus profond respect,

MADAME,

Votre très-obéissant serviteur
Le Solitaire des Ardennes.

ENTRETIEN AVEC MES FLEURS.

O Vous ! qui devez votre éclat moins à mon empressement à vous cultiver, qu'aux soins maternels de la bienfaisante Aurore, je vous salue, brillantes fleurs, compagnes de ma vie solitaire. Que de raisons n'ai-je pas de vous chérir ! Fîtes-vous jamais naître les chagrins amers dont mon ame est abreuvée, & qui, sans vous, en eût jamais tempéré l'amertume ? Les seuls instans de plaisir dont mon ame ait jamais reçu l'empreinte, à qui les dois-je, si ce n'est à votre heureuse existence ? Je vous approche, mes peines s'éloignent ; je vous contemple, mes larmes se tarissent ; je respire vos parfums, & le sourire vient voltiger sur mes levres. Après tant de bienfaits, que ne vous dois-je pas, ô mes fleurs ! Guidé par la reconnaissance, je voulois vous consacrer ces vers, prémices de mes loisirs champêtres ; je vous l'avois même souvent promis. Mais ignorez-vous quelle est ma foiblesse ? Mon cœur, vous le savez, tressaille au seul nom du sentiment : ne m'avez-vous pas vu embrasé de toutes ses flammes, lorsque l'on me fit, en votre présence, l'éloge du digne objet que je vous préfere aujourd'hui. N'a-t-il pas à cette prédileſtion des titres inconteſtables ? Vous portez ſeules, il eſt vrai, la conſolation dans mon ame affligée ; mais ne conſole-t-il pas bien plus efficacement une infinité de mortels plus malheureux que moi. Vous calmez mes peines, vous charmez ma triſteſſe, vous ouvrez mon cœur à la joie ; mais il ſoulage la veuve, protége l'orphelin, & ouvre ſes mains dorées à l'indigent en pleurs. C'eſt pour moi ſeul enfin que vous faites naître le bonheur ; mais à combien d'infortunés ne le procure-t-il pas tous les jours ? Quels puiſſans motifs pour différer les engagemens que j'ai contraſtés avec vous ! conſolez-vous donc, ô mes fleurs. Je vous offrirai l'hommage des premiers travaux champêtres qu'enfanteront les loiſirs de ma ſolitude. Ne vous eſt-il pas dû avec juſtice, vous qui faites toute ma félicité. Elle n'exiſte, il eſt vrai, que dans le fond de mon cœur ; mais en faut-il davantage pour être heureux ? Les ouvrages que j'ai dédiés à quelques Princes de la terre, ont-ils contribué à me le rendre ? L'envie n'a-t-elle pas ſuſpendu le cours des faveurs dont la fortune paraiſſoit vouloir me combler. Trop docile à la voix de ce monſtre, ne s'eſt-elle pas éloignée de moi, comme les ſonges de la nuit s'éloignent de la mémoire à notre réveil ; & qu'ai-je de plus en ma possession, que le souvenir de ses promesses mensongères? Quel parti me reste-t-il donc à prendre, si ce n'est de me consoler avec vous, ô mes fleurs! l'objet de mes plus cheres complaisances. Vous avez déjà cicatrisé les plaies de mon cœur, & fait glisser dans mes veines un beaume salutaire qui va les fermer à jamais. C'est auprès de vos agréables retraites que j'ai monté les diverses cordes de ma lire bocagère; inspirée par votre présence, quels sons n'exprimoit-elle pas! Comme mon cœur en étoit attendri! Comme il exhaloit de ces soupirs dont on ne connaît le prix que dans la solitude! La solitude est le berceau où le bonheur a pris naissance. Quelquefois, sous vos heureux auspices, ma plume traçoit des vers aussi touchans que ceux de Gesner, & aussi naïfs que ceux de Gresset. Alors mon ame, ravie de leur aimable simplicité, oublioit jusqu'au sentiment qui les avoit enfantés. O mes fleurs, que vous m'êtes cheres! les droits que vous avez sur ma reconnaissance, n'auront pas même pour bornes les bornes de ma vie. Apprenez mes dernières volontés. Mes cendres reposeront un jour auprès de votre asyle. Vous avoisinez le lieu redoutable où elles seront déposées par mes ordres. Quatre jeunes sycomores palissadés de quelque cyprès, que mes mains en tremblant ont plantés, ombrageront de leur sombre dôme ma dernière demeure. C'eſt la ſeule ſéparation que j'ai miſe entre votre ſejour & le mien. Inclinez quelquefois votre calice vers mon bocage funêbre, & des larmes que l'aurore y aura verſées, répandez-en quelques-unes ſur ma ſépulture. Combien de fois, en réfléchiſſant à mes malheurs, ne vous ai-je pas arroſé des miennes? La terre ouvrira ſon ſein pour les recueillir, & en imbibant mes cendres, elles donneront une eſpèce de ſentiment à mes dépouilles inanimées. Puiſſe le ſouffle léger des zéphirs y faire voltiger quelques-unes de vos fleurs nuancées, & en former une couronne pour votre amant le plus chéri. Les lauriers dont j'ai vu ceindre ma tête, dans des tems plus fortunés, n'auront jamais été pour moi un trophée plus flatteur. O Philinte! ô le plus tendre & le plus ſincère de mes amis! Philinte, toi le dépoſitaire de mes triſtes ſecrets, & de mes malheurs peu mérités, à peine l'Ange de la mort aura-t-il ombragé mes paupières de ſes aîles épaiſſes, fais-moi porter dans ce lieu ſaint que j'ai moi-même préparé. Fais deſcendre mon corps dans les ombres de la terre, & mes peines dans celles du ſilence. Leur nombre & leur durée feroient encore ſourire l'envie dont le poignard eſt toujours enfoncé dans mon ſein? Auſſi-tôt qu'un gaſon tendre aura couvert la ſuperficie de ma ſépulture, tu y conduiras cet agneau que j'aimois tant. Il ne faiſoit que de naître, quand je le dérobai à sa mere bêlante, en le serrant contre ma poitrine, & en l'échauffant de mes baisers. Tu sais quel attachement il me portait. Il reculera d'effroi, sans doute, en approchant de mon tombeau, & il dédaignera l'herbette que les mains prévoyantes de la nature lui auront préparé. Peut-être aussi d'un air affligé pressera-t-il la terre de son sein, pour essayer de rendre la chaleur à mes cendres glacées. La reconnaissance, ô Philinte, est un sentiment dont le germe se développe avec plus de vivacité chez certains animaux, que chez la plûpart des hommes; cette réflexion est humiliante pour l'humanité! Que n'a-t-elle moins de fondement; je serois plus discret, & j'aurois plus de plaisir. Pour suspendre le cours de tes sombres méditations à la vue de ce spectacle attendrissant, tu cueilleras, ô mon bien aimé, les feuilles légères que l'haleine des vents aura séparées de mes fleurs, & conduit vers moi par une pente naturelle : tu choisiras autant de roses que d'œillets, autant de violettes que de jonquilles, autant de tubéreuses que d'anémones, tu en composeras une guirlande dont tu embelliras la toison de cet Agneau si chéri. Pour dernier gage de ta tendresse, tu feras mettre sur ma tombe cette épitaphe, que tu baigneras, malgré toi, de tes larmes, & à laquelle le voyageur le plus insensible ne pourra refuser les siennes.

Après une vie cruellement agitée, ici repose le plus tendre des hommes. La bonté de son cœur, la candeur de son ame, la simplicité de son esprit, l'égalité de son humeur, l'humanité de son caractère lui faisoient présager les jours les plus heureux : mais l'envie, la médisance, la calomnie même, s'unirent de concert pour en empoisonner le cours. Il n'eut d'autre ambition que de rendre justice au mérite, & de se faire des amis dont il envia passionnément l'estime. Son malheureux sort ne lui suscita que des ingrats qu'il plaignit, & des envieux qu'il combla de bontés. Providence éternelle, daignes oublier la trahison des uns, & pardonner aux autres leur malice : daignes ouvrir ton sein miséricordieux à ce mortel infortuné, & fais-lui trouver dans les Cieux le bonheur dont il n'éprouva jamais le sentiment sur la terre.......

Je vous quitte, ô mes fleurs ! le déluge de larmes qui coule de mes yeux inonderoit votre asyle, & terniroit l'éclat de vos belles couleurs.

DÉTAIL
DE MA VIE CHAMPÊTRE.

L'ennui nâquit un jour de l'uniformité.

C'ÉTOIT ainſi que s'exprimoit autrefois un de nos Poëtes, habile en l'art de connaître le cœur humain. Il ſavoit ce grand homme, que varier ſes occupations, c'étoit le moyen de chaſſer l'ennui, cette maladie épidémique qui traîne toujours après elle le char funeſte des paſſions. Quel ravage en effet ne produit-elle pas ſur ceux qui, peu ſoigneux d'en arrêter le cours, par état ou par force, paſſent leurs jours dans l'obſcurité de la ſolitude. Elle deſſeche peu-à-peu les ames tendres, qui ont reçu de la nature le funeſte préſent de la ſenſibilité, & elle empoiſonne les jours de ces êtres déplorables qui n'ont jamais compté les leurs qu'avec les jettons de l'infortune. Placé par les décrets éternels dans cette ſphére malheureuſe, mais utile à l'homme Philoſophe, j'ai diverſifié mes loiſirs, pour charmer l'uniformité de ma retraite. Cette diverſité ſalutaire éloignoit de mon ame la triſteſſe, comme l'aſtre du jour diſſipe, à ſon lever, les vapeurs de la nuit. Convaincu par l'expérience que mes plaiſirs étoient moins piquans, plus les objets que je traitois avoient d'étendue, je n'ai travaillé que ſur des ſujets qui n'en étoient pas ſuſceptibles. La douleur n'eſt pas long-tems diſcoureuſe. Je m'efforçois d'en éloigner l'idée, & de verſifier des matières amuſantes. Ainſi de toutes mes bucoliques, celle-ci doit être regardée comme la plus gaie & la plus volumineuſe. Heureux ſi elle ne paraît pas telle aux yeux du public. Il n'eſt pas poſſible d'éprouver plus de ſatisfaction à la lire que j'en ai éprouvé à la faire, parce que l'ingénuité en eſt le fondement. J'en appelle au tribunal des ames vraies. Les plaiſirs de la nature ne s'analyſent pas. C'eſt en tremblant que je laiſſe ſortir cet opuſcule de mon Hermitage. Il m'a coûté des peines infinies par l'eſclavage que je me ſuis trop légèrement impoſé, de me ſervir de rimes en *âge* & en *ant*. Puiſſe-t-il éviter les traits d'une trop rigoureuſe ſatyre, & ne participer qu'aux avantages d'une judicieuſe critique. La ſaine critique eſt le creuſet où s'épurent les productions de l'eſprit : la redouter, ce n'eſt pas être l'ami des beaux arts. Si l'on avoit ces attentions pour ma petite brochure, de combien de compagnes ne ſeroit-elle pas ſuivie : ſemblables aux coquettes, elles ne demandent qu'à paroître au grand jour, ſans connoître comme moi tout le prix d'une heureuſe obſcurité. Ah! que m'importe au reſte : les enfans de ma muſe naïve veulent-ils courir le monde? Qu'ils le parcourent librement. Décidé à demeurer inconnu, leur pere sera moins sensible aux disgraces qu'ils pourroient essuyer. Si par hasard on s'intéressoit en leur faveur, si l'on daignoit sourire à leur simplicité, l'auteur de leur existence ne cesseroit pas pour cela d'être le solitaire anonyme des Ardennes. Je ne veux plus prétendre aux Couronnes littéraires, ni respirer l'encens dont on les parfume lorsqu'il est mérité. Ce plaisir, autrefois délicat, traîne maintenant après lui l'amertume : je n'en connais que trop les ténébreuses suites. La tranquillité de l'esprit & du cœur est préférable à tous ces triomphes instantanés qui, de même que les phosphores, éblouissent, brûlent, & passent aussi vîte qu'eux. Qu'il est fortuné celui qui, éloigné des affaires du monde, où j'ai trop vécu, du tumulte de la cour, où je suis trop resté, des assiduités des importuns, que j'ai trop souffertes, conduit son ame dans la solitude, pour s'entretenir sagement avec elle, & consacrer à l'étude les momens que son génie contemplatif ne peut plus donner à la réflexion. La paix fermera ses paupieres, & ses jours seront comptés par le bonheur. C'est ainsi que je vois passer les miens qui coulent aussi rapidement que les torrens qui vont se plonger dans la mer. L'ennui pourrait-il parvenir jusqu'à moi? Tous les instans de la journée sont consacrés à des occupations auſſi néceſſaires pour le corps, que ſalutaires pour l'ame. Dès que le Soleil ſe lève, je me lève avec lui; je vole à mes fleurs. Proſterné au milieu d'elles, j'adore l'Être ſuprême qui daigna pendant la nuit conſerver ma fragile exiſtence. L'aurore d'un beau matin, unie aux autres charmes de la nature, inſpire je ne ſais quel ſentiment religieux, qui nous excite puiſſamment à rendre hommage à leur Auteur. Quel eſt le mortel inſenſible qui oſeroit ſe livrer à ſes travaux ordinaires, ſans conſacrer les prémices du jour à celui qui veille ſans ceſſe à ſa conſervation. Quand le devoir ne lui en feroit pas une loi, la reconnaiſſance ne doit-elle pas lui en faire un plaiſir. Après que mon ame s'eſt agréablement énivrée de la joie qu'éprouve un fils reconnaiſſant envers un pere généreux, je ſalue les belles compagnes de ma vie ſolitaire; je les appelle chacune par leur nom; je les félicite ſur la beauté de leur parure, & je prends quelque moyens pour en conſerver l'éclat. Elles ſemblent me remercier par une légère inclination. Les mains pleines, je vais enſuite à ma volière ouverte de toutes parts. Les oiſeaux n'ont-ils pas comme nous des droits à la liberté? N'eſt-ce pas une eſpèce d'injuſtice de leur en ravir les douceurs? Diſperſés ſur les buiſſons voiſins, dès que mes petits penſionnaires m'apperçoivent, ils battent des aîles, volent vers leur cabanne, viennent ſe percher ſur moi, &

manger même dans mes mains. Je baiſe tendrement les fruits de leurs amours, & les rends enſuite à leur mère. Leur repas achevé, ils chantent tous enſemble en reconnaiſſance de mes légers bienfaits. Les caſanières de ma petite baſſe-cour reçoivent également ma viſite, & je fournis à leurs beſoins comme elles fourniſſent aux miens. L'Agneau qui m'eſt ſi cher m'accompagne dans ces délicieux délaſſemens. De la baſſe-cour, je paſſe au potager. J'élague un cep de vigne, j'épluche un chou-fleur, je taille un Amandier, & le cordeau en main, j'alligne un quarré de légumes. Je m'appuie enſuite ſur ma bêche; je rêve à quelques niaiſeries champêtres, & réaliſe une partie de mes ſonges. Peu après je me livre à des occupations un peu plus fatigantes, afin de rendre mon individu auſſi ſain que robuſte. Rien ne contribue plus à la ſanté que l'exercice. Mais le Soleil, qui s'avance doucement dans ſa carrière, m'avertit de me garantir de l'ardeur de ſes rayons. Je me retire alors dans mon laboratoire conſtruit des mains de la nature, à l'extrêmité de mon jardin. Ma bibliothéque ambulante m'y ſuit toujours. Là je fais ſuccéder à un amuſement agréable & ſalutaire, une étude ſérieuſe & utile. La morale en eſt la baſe. Sans la connaiſſance de la vertu peut-on goûter quelque félicité en ce monde? L'on ne commence à en éprouver le ſentiment que lorſque l'on commence à devenir vertueux; la bonne littérature, après un repas frugal, remplit le vuide de l'après-dîné. Ainſi le matin s'écoule à exercer le corps & à nourrir l'ame, & le reſte du jour à cultiver l'eſprit, & à éclairer le goût. Il eſt pour moi d'autres occupations que je paſſe ſous ſilence; elles me feroient aiſément découvrir, ce qui eſt bien éloigné de ma penſée. L'humble violette n'eſt pas plus cachée dans les buiſſons que moi dans ma ſolitude. Je conſacre donc ſcrupuleuſement, & même avec joie, tout le tems qu'exigent ces myſtérieuſes occupations. Une promenade dans un hameau voiſin de mon Hermitage, met fin chaque jour à mes innocens plaiſirs. Je la fais d'autant plus volontiers, que je vais voir la nature dans tout ſon négligé, & que mes petits penſionnaires voltigent le long de la route alentour de moi. Arrivé à la cabane ruſtique où j'ai coûtume de me rendre, ils ſe perchent ſur le toît tout le tems que j'y demeure, & ne le quittent que pour m'accompagner juſqu'à mon habitation. Le cortège des Monarques de la terre eſt-il auſſi flatteur que celui-là? A l'abri de la médiſance, de la jalouſie & de l'importunité, c'eſt-là que je paſſe dans l'oubli, mais dans le bonheur, les momens qui me reſtent encore à ſéjourner ſur la terre. Il m'eſt indifférent que l'Être ſuprême en abrége ou en prolonge le cours : réſigné à ſes décrets éternels, j'en attends tranquillement l'exécution. Mes ſoins ſe bornent à faire tous mes efforts pour partager un jour la félicité qu'il promet à la vertu.

PORTRAIT
DU SOLITAIRE
DES ARDENNES.

POUR protéger l'Auteur de ce trop foible ouvrage,
Vous voulûtes, Eglé, connaître auparavant
De quel bois se chauffoit ce petit personnage,
Sur le compte duquel on vous écrivoit tant.
Cette conduite étoit fort sage.
Se jette-t-on si vîte à la tête des gens?
Encor faut-il savoir s'ils sont vrais & décens,
Si l'on peut rendre d'eux le certain témoignage
Qu'ils ont des mœurs, des vertus, des talens,
Le cœur bon, l'esprit droit, & des heureux penchans;
Qu'ils proviennent enfin d'un honnête lignage.
Vous faites une enquête.. On répond.. Mais comment?
Du bien de moi l'on vous dit un sacage;
Du mal, point... On devait le dire également,
Puisque par-tout il est de l'alliage:
C'est ce qu'on n'a pas fait. Eh bien, moi bonnement,
Pour ne point vous tromper, je vais sans verbiage,
Sans coloris, sans ornement,
Sans appareil, sans étalage,
Vous tracer l'un & l'autre, & vous faire à l'instant
De mon individu le portrait ressemblant.

B

Je commence... écoutez mon drôle de ramage.
Je ſuis plus laid que beau ; je puis paſſer pour grand :
On me dit ſombre, & même un peu ſauvage,
Froid, politique, orgeuilleux, intrigant,
Sournois, boudeur, bref Janſéniſte ardent.
Moi Janſéniſte? Oh Dieu! quel hardi barbouillage!
Je n'ai ni grand chapeau ſur ma tête tournant,
Ni la boëte à Pérette, où gît le bon onguent.
Non, la vache à Colas dans tout notre bailliage
N'a brouté de ſa vie, & qui, d'un ton tranchant,
Dit que j'en ai mangé, c'eſt un menteur à gage.
Je ſuis bon catholique, & non point appellant ;
Je déteſte à mourir tout ce patelinage.
L'autre reproche eſt faux pareillement.
Je ne me livre pas ; mais mon front ſans nuage,
Mes diſcours tout unis, mon naïf enjoûment,
Mon air tout rond, mon décent badinage,
Font voir que mes cenſeurs parlent ſans fondement.
Eh! qu'ils jaſent, Robin s'en mocque largement.
Mes yeux petits, qu'un blond ſourcil ombrage,
Sont bleux, doux & malins, tendres, vifs & perçans.
Néanmoins d'ordinaire on les voit languiſſans :
De cruels ſouvenirs m'en ont fait un uſage.
J'ai voulu ſur cela m'expliquer clairement,
De peur qu'on en crût davantage :
On croit le mal trop aiſément.
Ma bouche eſt par trop grande, oh morbleu! c'eſt domage ;
Car ſon ameublement

Fait plaiſir quand on l'enviſage,
Et pour ma bouche, hardiement
On prendroit bien mes dents en gage,
Sans être duppe aucunement.
La barbe & les cheveux ſont blonds paſſablement;
La peau n'a pas beſoin, dit-on, de blanchiſſage.
Le nez & le menton ſont faits négligemment;
Le col com'ça, la main plus joliment.
Avec moi la nature, oubliant le ménage,
N'a point, pour mon déſagrément,
Dans ſon laboratoire épargné le corſage.
Mon corps, je vous aſſure, eſt gros honnêtement,
Et n'a pas, quoique droit, l'élégance en partage.
Défunt mon pere, hélas! qui me ſaboulait tant,
N'était pas plus repréſentant.
Les deux traiteaux qui portent le bagage,
Dans le repos & dans le mouvement,
De deux bons forts pilliers préſentent l'aſſemblage:
Pour étayer le bâtiment
Beſoin étoit d'un bon échafaudage.
Où ſont elles ſur mon viſage
Ces charmantes couleurs dont l'aimable printems
Anime encor les traits frappans
De la déeſſe du bel âge?
Sans être à peine à l'été de mes ans,
La pâleur ſur mes traits fait par fois du ravage,
Et l'on croit que la mort, qui tout par-tout fourage,
M'a laiſſé par oubli au nombre des vivans.

Voilà l'être physique ; il est mal, j'en enrage,
Mais point n'en perds un coup de dents.
En deviendrais-je un plus beau personage ?
Point du tout : être beau, c'est bon pour les galands,
L'Hermite est toujours bien, lorsqu'il dompte ses sens.
Quant à l'être moral, seul bien que j'envisage,
C'est une autre paire de gants.
Si la nature eut des motifs puissans
Pour ne point embellir les dehors de la cage,
Je n'en sais rien ; qui voit son trifouillage ?
Ce que, sans trop d'orgeuil, je sais, je vois, je sens,
C'est qu'elle orna tant soit peu le dedans.
Mais combien de défauts y mit elle ?... un sacage !
Ah ! le mal sur le bien eut toujours l'avantage.
De mes défauts parlons premièrement ;
C'est par malheur, mon plus bel appanage.
On n'est pas homme impunément.
Le chapelet est long, & je veux simplement
Le defiler tout comme Augustin à Cartage.
Ami léćteur, armez-vous de courage ;
Je vais me confesser trois quarts d'heure amplement.
Au fait, Avocat... soit... Quatre pas seulement,
Je ne les ferais pas pour manger un potage
Accompagné d'un dîné succulent.
Néanmoins j'avouerai que Robin est friand.
Ne convenez-vous pas que ce début engage
A m'écouter paisiblement ?
Si des bords fortunés du Tage,

Par un heureux débarquement ;
Il venoit des liqueurs ſur mon frugal rivage ;
J'en boirois tous les jours, quoique modérement.
Sur ce point-là, je ſuis aſſez gourmand.
Dieu m'en punit, la bierre eſt notre ſeul breuvage,
Eh bien ! j'en bois, mais c'eſt en grimaçant.
J'ai toujours ſoif auſſi, quand je ſonge au vin blanc,
L'on me verroit, ſans le péage,
Uſer ſelon ſaint Paul de ce doux reſtaurant.
Quant au vin rouge, il m'eſt indifférent.
Tant mieux, car ça feroit un chien de tripotage.
Pour le gibier j'eus un goût véhément :
Il dure encor, mais en avoir, comment ?
Point d'argent, point de Suiſſe, on connaît cet adage,
Et moi ſur-tout pertinemment.
Que fais-je? Je m'en paſſe, & m'en tiens au fromage,
A la ſoupe, au beurre, au laitage.
Je ne mange du bœuf que trois fois tous les ans :
Chacun chez nous n'a pas cet avantage.
Pour du mouton, néant : nos moutons excellens
Ne ſont pas faits pour gens de mon étage.
Autrefois pour gagner je jouois au brelan.
Au brelan ! Jeu fripon, où l'on ſe déviſage ;
Jeu de gueux, jeu d'enfer, que j'abhorre à préſent.
Ce vil jeu de laquais, enfant du brigandage,
De tout mon ſaint fruſquin a ravi le montant,
Lorſque j'en fis l'apprentiſſage.
Voilà quel fut mon gain. Je m'en allois mourant

De me trouver plus ſec que ne l'eſt un hareng,
Et ſi du ſieur Caron je ne vis pas la plage,
C'eſt que je lus Séneque, & Séneque eſt parlant
Sur le mépris que l'on doit à l'argent.
Par-ci par-là j'eus la chienne de rage,
Et jadis c'étoit un de mes défauts brillans,
De mentir encor mieux qu'un arracheur de dents:
C'eſt, il eſt vrai, toujours par badinage,
Et jamais ſérieuſement.
N'importe, c'eſt fort mal, je le dis franchement.
Mentir n'eſt pas d'un bon préſage:
Un menteur d'ordinaire eſt mauvais garnement.
J'aimerais mieux cent fois un cheval de louage
Qui vous diſloque en le montant.
Changez donc, dira-t-on, ou bien dorénavant
Reſtez ſeul dans votre hermitage,
Monſieur le Solitaire. Entendez-vous... J'entends.
Grand merci ſoit de votre bavardage,
Je ſuis déjà changé, ſans vos avis plaiſans.
Je pourſuis. L'on ſe plaint dans tout mon voiſinage,
Que de trop près j'examine les gens:
C'eſt vrai, j'ai tort: j'ai ri à leurs dépens,
Encor plus tort: auſſi j'en ai payé l'aunage.
J'ai peur des médecins, des borgnes, des ſavans,
Des dévotes, des ſots, des morts & de l'orage:
C'eſt-là, tranchons le mot, le fait d'un innocent.
Bien plus impétueux que ne l'eſt un volcan,
Je me fâche, par fois, & je fais grand tapage.

Des bêtes je ſuis fou, en vain je m'en défends;
Moutons, chiens, chats, avec moi font voyage.
J'appelle, agace, obſtine & gâte les enfans.
Je jouerois avec eux, ſi joſois à mon âge.
Je ſuis par trop crédule, & trop impatient.
J'obtins, pour mes péchés, l'amour propre en naiſſant:
On eſt bien pauvre avec cet héritage.
Sans ceſſe il eſt ſur mes talons pendant,
Je voudrois lui donner congé de remuage,
C'eſt en vain; le fripon eſt toujours demeurant,
Il ira même en augmentant,
Si Dieu ni met la main. J'ai paſſé pour plus ſage
Que je n'étois foncièrement;
J'ai nourri cette idée avec rafinement;
Cela ni plus ni moins s'appelle un brigandage;
C'eſt vouloir attrapper le monde effrontément;
De mon hiſtoire auſſi ce n'eſt pas l'ornement.
Que nai-je été plus ferme & moins volage,
Plus attentif, plus ſoigneux, plus prudent,
Je ſuis un peu trop complaiſant;
A de faux pas la complaiſance engage,
Et j'en ai fait, c'eſt étonnant.
Des hommes corrompus le cruel perſiflage,
Leurs dangereux détours, leurs ſubtils complimens,
Leur air flatteur, leurs faux ſermens,
Leur politique, & leur maquignonage,
M'ont fait uſer de ruſe & de déguiſement;
Je rougis d'avoir fait à mon cœur cet outrage:

Il valait mieux ſouffrir patiemment.

Je ſuis diſtrait aſſez communément,
Ce ſorcier de défaut, après lequel j'enrage,
Me fait manquer à tout moment.
Plus gai qu'à l'ordinaire, alors mon enjouement,
En ne le bornant pas, devient enfantillage.
Par fois je parle trop, & pas aſſez ſouvent.
J'ai pour l'étude un dégoût ſurprennant,
Du plaiſir au travail j'allonge le paſſage;
Je tourne autour du pot comme fait un enfant;
Je touſſe, crache & mouche au moins dix fois avant.
Je compte les feuillets, je vais de page en page;
Cela veut dire, en un mot comme en cent,
Que, grace à Dieu, je ſuis un maître fainéant.
Il faut à Dieu de tout que nous rendions hommage.
Veut-on me piquer trop, alors je ſuis mordant;
Sur ça je n'entends point aſſez le badinage.
Timide naturellement,
Je parais quelquefois auſſi hardi qu'un page;
Que l'on me fixe un peu, mon air de régiment
A Quinpercorentin fait un pélérinage,
Et mes yeux comme un ſot ſe baiſſent à l'inſtant.
Ce foible eſt-il connu, ſi l'on eſt impudent,
Je ſuis fier, & ſoudain allant à l'abordage,
Plus intrépide qu'un Houlan,
Qui par-tout porte le ravage,
Qui ſans pitié vous ſabre & vous pourfend,
Qui dit Jean tout adroit, qui met tout au pillage;

Je féraille & canone épouventablement.
On fait de moi ce qu'on veut autrement.
Enfin ce qui causa tant de désavantage
A mon petit avoir déjà peu suffisant,
C'est que je n'ai point trop consulté le ménage,
C'est que je fus par trop entreprennant;
C'est qu'à la fois je fis par trop d'ouvrage;
Enfin c'est que dans l'eau comme un extravagant,
Et comme s'il m'eut fait ombrage,
J'ai jetté tout mon pauvre argent.
Ah! vas-t'en voir s'il revient, Jean.
Voilà tout... du chaudron j'ai bien fait l'écurage;
N'est-il pas vrai? Convenez-en.
Sans faire un plus long étalage,
Venons au bien présentement,
Je dois en rendre un égal témoignage.
Chacun son tour, c'est juste assurément;
Sans cela je serais un beau merle vraiment.
Commençons... Point ne veux avec fanfaronage
Vous peindre ici le sentiment
Qu'à mon berceau je reçus en partage;
Hélas! il fit trop mon tourment.
Je dirai dont naïvement
Qu'on ne peut guère en avoir davantage.
Je suis sensible & bon, doux & reconnaissant;
J'ai pour les malheureux un cœur compâtissant.
Ah! quand je peux, comme je les soulage!
Cent fois plus qu'eux je suis content.

Que ne ſuis-je plus opulent !
Joyeux j'irois monter à leur ſeptième étage ;
Les prier d'accepter quelque foible préſent,
Et les remercierois, la rougeur au viſage,
De m'avoir fait un plaiſir auſſi grand.
Mais le maudit Plutus ma rayé de la page
Où ſont les noms de ceux qu'il chérit tendrement.
Gueux comme un rat d'Égliſe abominablement,
Je n'ai ni ſou ni maille, & rien pour mettre en gage.
Que faire donc? Me pendre? Ah! non certainement.
A quoi bon? Point ne veux plier ſi-tôt bagage,
Ni le plier ſi hautement.
Un garçon comme moi, ce ſeroit bien dommage.
A nos moutons revenons maintenant.
Si de l'amour que l'on dit ſi preſſant,
J'euſſe écoûté le tendre gaſouillage,
J'étois de Flandre indubitablement.
Mon pauvre cœur, ce cœur aimant,
Je ne ſcai trop ſur quel échafaudage,
Ni par où ni comment
S'eſt ſauvé du naufrage.
Mais le ſorcier eut l'art, crainte d'évènement,
Chez l'amitié de ſe mettre en otage :
Pouvoit-il ſe choiſir un meilleur logement ?
C'eſt-là l'échapper belle, aſſez adroitement.
J'aime la liberté, j'abhorre l'eſclavage,
Je ne deſire point aucun commandement.
Pour être maître abſolument,

Et faire à ma façon mon petit tripotage ;
Je donnerois les trois quarts de mon ſang.
Mais où trouver un homme indépendant ?
Je paſſe pour ſecret, je ne ſuis plus volage,
On peut me regarder comme un ami brûlant,
Des grandes paſſions à l'abri de l'orage,
Mon cœur n'a plus d'autre contentement
Que dans le trop rare aſſemblage
Et dans l'heureux aſſortiment
De deux où trois amis, & non pas davantage.
Ont-ils quelque chagrin, quelque déſagrément ?
Avec quel zèle & quel empreſſement
Mon ame entière les partage !
C'eſt plus qu'un feu, c'eſt un embraſement.
Quand j'ai manqué, je l'avoue uniment.
L'excuſe en vérité n'eſt que du rempliſſage.
Je ſuis peu fait à ce perfide uſage
D'écrire & penſer autrement :
Je reconnais ſans fard mon pauvre grifonage.
Le vrai m'eſt cher, je ſuis né franc.
Je mangerais tout cru l'infâme médiſant
Dont l'organe infernal cauſe tant de ravage.
Je hais l'homme de cour qui fait le chien couchant :
L'ambitieux, le fat, & le riche inſolent
N'ont pu jamais obtenir mon ſuffrage.
Je garde en leur préſence un ſilence accablant.
Je fuis le faux dévot & ſon patelinage,
L'envieux, le flatteur, l'avare & le méchant.

Je diſſimule avec peine un outrage,
Mais je le pardonne aiſément.
De me venger ſi j'avais le courage,
Je me vengerais noblement.
Soit habitude où bien tempérammment,
Je fais du bien à ceux qui m'ont fait du dommage,
Ou qui pour ma perſonne ont de l'acharnement.
En vérité ça me ſoulage.
En priant Dieu dévotement,
Pour tous mes ennemis je l'invoque ardemment.
Ah! malgré moi que j'eus d'ouvrage.
Oubliez, ô mon Dieu! les maux que dans leur rage,
Ces cruels ennemis m'ont fait injuſtement.
En pouſſant la vertu juſques-là, l'on préſage
Peu charitablement,
Que je n'en ai que l'écorce où l'image;
On a le diable au corps de tenir ce langage.
Quant à mon amour propre extérieurement,
On le voit peu paraître avec ménagement,
Comme un plongeur habile entre deux eaux je nage,
Et je le cache aſſez heureuſement.
J'ambitionne le ſuffrage
Des gens inſtruits, vertueux & prudens;
Pour moi leur compagnie eſt un aréopage.
J'aime d'apprendre & volontiers j'apprends;
Je veux ſavoir de tout, juſques au tricotage:
Varier ſes loiſirs c'eſt le devoir du Sage.
Je fais en de certains inſtans

Les ſacrifices les plus grands;
J'en ſuis même étonné quand je les enviſage;
Ce qui fait ſoupçonner à nos fins payſans
Que le dehors chez moi différe du dedans.
A faire mieux encor ce ſoupçon m'encourage.
Je gage vivre avec un Indouſtan,
Un Hottentot, un Lapon, un Sauvage,
Un Turc, un Maroquin, un Arabe, un Perſan.
J'adoucirois, je penſe, un dur Antropophage.
Je m'accommode à tous également.
A perſonne jamais je ne porte d'ombrage,
Et ne ſuis point ſujet au moindre changement.
J'ai dit que quelquefois je faiſois grand tapage,
Je ne m'en dédis pas, mais la bombe en partant,
Me voit déjà plus froid que n'eſt un caſtillan,
Ou plus poſé que n'eſt un Mage.
Quoique de la pareſſe irrévocable amant,
Dès qu'une fois je ſuis à l'attelage,
Il eſt peu de mulet plus fort & plus vaillant:
Je travaille à tout rompre; un ſuperbe Sultan
Eut-il de ſon ſerrail avec lui l'aſſemblage,
Ne m'arracheroit pas un ſalut en paſſant.
C'eſt un peu fort; mais le fait eſt conſtant.
J'eſtime les Anciens, & non leur radotage.
Huit jours ſans débrider je ſuis tout écrivant,
Tout liſant, tout penſant & tout moraliſant.
Je paſſerois les nuits dans un petit bocage,
Rêvant avec Young ſur l'homme & ſon néant,

Si j'eusse été (peu s'en fallut pourtant)
Parmi ces dignes personnages,
Qu'on voit avec plaisir à Versailles siégeans,
J'eusse montré, par des projets prudens,
Par mes veilles, mes soins, mon zèle & mes suffrages,
Pour la France & son Roi mon amour transcendant.
Chez moi le bien public a le pas dominant.
Viens-je à le faire? Au sein d'un doux plaisir je nage.
Le vrai bonheur est pour qui le répand.
Je dresse des autels à l'homme bienfaisant,
Et jette à pleines mains des fleurs sur son passage.
Il en est un pour qui mon jardin trop peu grand
Est mis par moi tous les jours au pillage.
Le mérite a des droits sur mon plus pur encens.
J'ai toujours pris le parti des absens;
C'est par-tout assez rare & plus sur mon terrage.
Tout comme il vient je prends le tems,
Et suis un sans souci que rien ne décourage.
J'apperçois tout, & n'en fais pas semblant.
On n'a point de dispute avec moi pour le rang:
A prendre le dernier, de bon cœur je m'engage.
Suis-je triste ou rêveur, chagrin ou mécontent;
Je n'en dis rien, personne ne s'en sent.
Veut-on se disputer, grand train je déménage,
Et si je m'apperçois sur-tout que le nuage
Est sur ma barque étincelant,
Je fuis plus vîte alors, je suis maître du vent,
Et je me tiens fort & ferme à l'ancrage.

Ennemi de tout bruit, & de tout différend,
De bonne heure j'ai pris la paix en mariage,
Et ma femme a dans moi l'époux le plus conſtant.
Ai-je bu par haſard du bon Champagne blanc,
Ou bien deux verres ſeuls du vin de l'Hermitage,
J'ai de l'eſprit comme un ſatan :
Je donne alors un conſeil excellent ;
Ma tête eſt moins péſante. On dit que mon langage
Va droit au cœur, & que même il ſurprend.
Hors de-là, ſerviteur, le garçon va rêvant,
Et d'un homme ordinaire à tout le gaſouillage.
A coup sûr ce vin-là renferme un taliſman,
Qui reſſemble à peu-près à la pierre d'aimant.
Ah ! donnez-moi, mon Dieu, moyennant ce breuvage,
De l'eſprit tous les mois, quatre fois ſeulement,
(C'eſt bien modeſte aſſurément) :
C'eſt alors qu'on verra bien voguer l'équipage.
Malgré ma pauvreté j'ai de l'ame amplement ;
Sans elle on me verrait agir bien grandement.
Mon amitié ſans fin eſt toujours ſans partage,
Et mon peu de ſavoir eſt ſans entêtement.
Joignez encor à mon petit bagage
Un tantinet de jugement ;
Pour la religion un ſaint attachement,
Pour l'éternel le plus profond hommage ;
Pour ma famille enfin le plus grand dévoûment.
Le plus fâmeux peintre Flaman
Fût-il auſſi grand perſonnage

Qu'étoit Apelle en ſon talent ;
Ne peut faire, je gage,
Un portrait auſſi reſſemblant.
Si Dieu me garde place en ſon ſaint héritage,
Il me trouvera tel au jour du jugement ;
Mais par ſa grace bien plus ſage.
Eh ! peut-on dans les cieux avoir place autrement !

DESCRIPTION
DE MON HERMITAGE
ET DE MES AMUSEMENS.

QUAND au séjour charmant
Que je fais dans mon Hermitage,
Je vais en dire, Eglé, deux mots tout simplement.
Mes jours y sont filés par le contentement,
Je m'occupe de tout, même du labourage.
Mais de mon beau manoir parlons auparavant.
Un Architecte Catalan
Ne s'avisa-t-il pas, au bord d'un marécage,
De bâtir ma chaumière en l'an quatorze cent.
Sans doute qu'il aimait la grenouille & son chant.
La porte a quatre pieds, j'en fis le mesurage.
Où serait le cerveau, si l'on étoit bien grand?
Vingt pouces font la hauteur du vitrage.
Il faut des yeux très-fins pour voir le firmament.
Comptez-bien, vous verrez s'il est plus d'un étage;
Encor va-t-il au grenier droitement.
La cave dans ma tête existe seulement.
La terre, en vérité, me sert de parquetage.
Mon Espagnol, homme fort prévoyant,
A coup sûr desiroit m'éviter le frottage;
Il a bien réussi. L'herbe croît amplement

Dans mon rustique bâtiment :
On pourrait en tirer deux bottes de fourage.
Hibous, rats d'eau, limaçons, cormorans,
En sont ainsi que moi les premiers habitans.
J'ai beau chercher un vallon, un bocage,
Ni clair ruisseau, qui coule en serpentant,
Ni côteaux, ni bosquets, voisins d'un paysage,
Rien; ce n'est qu'un désert où le Dieu tout-puissant
Ne passa point de son vivant :
S'il y passa, ce ne fut qu'à la nage.
Les dehors du logis ressemblent au-dedans ;
L'argile en forma seul le frêle maçonage.
D'un certain trésorier mon lit est différent ;
Je n'ai qu'un matelas avec un petit ban ;
Une marmite où l'on fait du lavage,
Un coffre, un pot, un bahut de bois blanc ;
Du tems de Dagobert un gros fauteuil roulant.
Ma garde robe, hélas ! contient pour tout potage
Deux casaques d'hiver, couleur de Juif errant,
Dont l'une, qui se meurt, est sur moi maintenant.
Quand au bien fonds, il gît en tant soit peu d'herbage ;
C'est-là ce que Robin a de meubles vaillans.
Le reste ne vaut pas deux écus de six francs,
Linge compris ; Dieu sait s'il vaut le blanchissage:
Avec tout ça Robin plus qu'un Roi vit content,
Et va comme un pinçon presque toujours chantant.
Ma servante se nomme Agnès du Boudinage :
(C'est un singulier nom) elle a deux fois trente ans.

Fière comme un Céſar d'avoir pu reſter ſage,
Il faut, pour lui parler, que je mette des gants ;
Et n'en ai pas pour ça meilleur accommodage.
Pourquoi ? C'eſt qu'en ma bourſe il eſt peu de comptant,
Et que je lui dois bien quatorze ans de ſon gage.
Au plus rudes travaux je donne aſſez de tems,
Et pas beaucoup au jardinage.
Chacun ſon goût, le mien déplaît aux indolens.
Je ne ſors point de mon pauvre terrage :
Peut-on ſe faire hermite & puis courir les champs ?
Ne faut-il pas avoir des principes conſtans ;
Et fût-on à Peckin, toujours en faire uſage.
Je ne vois donc perſonne, hors mon compere Jean:
C'eſt un brave homme, uni, gai, droit & franc.
Sur ſon compte bientôt j'en dirai davantage.
A mes amis je penſe ~~à chaque bout de champ~~ ; fréquemment
Leur ſouvenir, leurs lettres, leur meſſage
Font naître dans mon cœur un doux treſſaillement.
Au point du jour, avec étonnement,
Des oiſeaux d'alentour j'admire le plumage :
Avec extaſe, avec raviſſement,
Du roſſignol j'écoute le ramage :
Je fais enſuite un tour au firmament,
Et dans la lune, ainſi qu'Arlequin je voyage :
Puis je pars pour l'Eſpagne, & là pompeuſement
Je bâtis des châteaux, qui croulent au moment
Qu'étonné j'apperçois le ſommet de ma cage.
Je rêve enſuite un peu profondément,

En regardant un coquillage ;
Et fais ſur la nature un beau raiſonnement
Sans la connaître aucunement.
Le ſoir, je fais un tour ſur le bord du rivage,
Et vais compter goguette à mon compere Jean.
Et bien ! lui dis-je, ami, comment va le ménage ?
Quoi ! ta femme eſt encor au travail maintenant ?
C'eſt un démon que Margot pour l'ouvrage.
A propos, mon filleul Laurent
Sait-il ſon catéchiſme ? Il ſe fait déjà grand :
Quoique pauvre, je ſonge à ſon apprentiſſage.
Je compte en faire un bon marchand,
Mais, dame ! il faut qu'il ait cœur à l'aunage.
Je veux que le dimanche il ſoit brave à préſent.
Otes-moi-lui tout ce vieux ravaudage ;
Il a l'air avec ça d'un fiéfé manan.
Tiens, ce frac ira mieux, dis-lui qu'il le ménage :
Ajoûte-lui de plus, que s'il ſe fait Houlan,
Dragon, Pandour, Huſſard, Grenadier ou Cul-blanc,
C'eſt décidé, jamais je ne vous le dégage,
Devint-il, en trois mois, Caporal ou ſergent.
Tous ces fiers à bras-là me donnent de l'ombrage ;
Leurs mouſtaches, leurs crocs, leur air de ſacrépend,
Leurs bonnets à la turc, leur long ſabre tranchant,
Me les font redouter autant que le carnage.
Dis-lui tout ça ce ſoir en ſe couchant :
Aux bons conſeils d'un pere un fils rêve en dormant.
Et ta fille Nanette, eſt-elle toujours ſage ?

J'ai là pour elle auſſi quelque petits préſens.
C'eſt afin que ça l'encourage.
Prends-moi ce caſaquin, ce fichu, ces rubans,
Ce mouchoir à quarreaux, ce jupon à ramage,
Ce tablier d'indienne & cette croix d'argent;
De feu ma ſœur Langrand,
Dieu veuille avoir ſon ame, ah! c'eſt tout l'héritage.
Eh bien, tout ça, c'eſt pour ta chere enfant.
Il faut qu'une fillette ait l'air un peu fringant:
Ça fait un bon effet dans tout le voiſinage;
Ça lui procure un honnête galand:
Pour s'en débarraſſer voilà comme on s'y prend.
Le meilleur, mon compere, eſt un prompt mariage;
On a, lorſque c'eſt fait, ſon pauvre eſprit content.
A quinze ans une fille eſt un fardeau peſant;
Dieu ſait comme il en eſt qui vous ont fait naufrage!
On ne va pas le dire à Rome. Dès l'inſtant
Bacle-moi ça, ton bonheur en dépend.
Endimanchée ainſi, ſans peine je préſage
Que tous nos garçons, en paſſant,
Fixeront de Nanette, avec un œil brillant,
Le nouvel étalage,
Et le trouveront élégant.
La vois-tu? diront-ils, oh! quel morceau friand:
Puiſſe le four chauffer pour quelqu'un du village:
Dieu d'amour exaucez ce deſir innocent.
Mais ta fille aura peu des filles le ſuffrage,
En ſais-tu la raiſon, toi qui fais le fendant,

L'entendu, le docteur, le finaud, le ſavant?
Oui dà, je le ſavons, Monſieur de l'hermitage.
Tenez, dès mon bas âge,
De ces droleſſes-là je ſavais le trantran,
Tous les détours, tout le maquignonage;
Je les connais tout comme mon plein-chant.
Leur envieux propos, leur diſcours mépriſant,
Leur fripon de ſouris, leur vain fanfaronage,
Leur air ſournois, leur ſilence inſultant,
Leur clein d'œil ſcélérat, leur chien de chuchotage,
Leur malin coup de coude, & leur ton arrogant,
Ne viendront que de rage
De n'en pouvoir montrer autant.
Tout juſte, mon compere.. Ah! cela eſt conſtant:
Point d'autre ſur ma foi. Mais ſi quelqu'une outrage
Ma Nanette ou lui fait le moindre badinage,
Nous verrons ça, par Saint Vincent
Je n'en ferai pas deux, je vous la déviſage,
Ou de mon pied au cul je lui baille en jurant.
Ne crains rien, mon ami, ta fille a mon ſuffrage,
J'arrêterai, ſois-en sûr, le torrent.
Mais je n'ai plus qu'un mot à te dire en partant.
La Dame du château, Madame d'Ambalage,
(Ne v'là-t-il pas encor un nom des plus plaiſant)
Noble, archinoble, au moins ſeize quartiers comptant,
Marquiſe en tout honneur, Baronne à triple étage,
Aimable avec tout ça, ſans trop m'aimer pourtant,
Va s'informer d'où viendra ce préſent.

La curiosité du sexe est l'appanage,
Il l'apporta presque au monde venant.
Surprise elle dira : c'est-là la fille à Jean !
Le Solitaire a bien embelli son corsage,
Ses mitaines, ses bas sont d'un beau tricotage :
Souliers, juppe, manchon, tout est assortissant.
Mais j'en veux à mourir à son caraco blanc.
Si la mode des grands est d'ici le partage,
Que porter, moi, dorénavant ?
Jean & le Solitaire, ah ! cela me surprend,
Ne sont qu'un, m'a-t-on dit, c'est un bel assemblage;
Le Solitaire est donc le parrein de Laurent ?
Ce petit Monsieur-là fait un maître pédant.
Quoi! lui poli? du monde il ne sait pas l'usage.
Il ne vient au château qu'au premier jour de l'an.
Qu'y fait-il? Il s'assied, baille, rit, tout entend,
Ne dit mot, puis se lève, & s'en va.. Moi! j'enrage.
Pour quelqu'un de ma sorte, est-ce bien régalant?
Mais, compere, tu dors? C'est de mon radotage:
Eh bien finissons-le; parlons de ton fourage.
T-at-il, cette campagne, apporté du comptant?
Vas-tu vendre au marché ton beurre, ton fromage,
Ton lait, tes œufs, ton seigle & ton froment,
Tes poulets tes canards ta laine & ton filage?
J'y vons, Monsieur... Tant mieux, il t'en vient davantage;
On y vend cher aujourd'hui diablement.
Ah! joubliais; je veux te faire un compliment.
Je suis venu le long du pâturage,

J'ai vu tes vaches en paſſant.
Morbleu ! quelles ſont bien ; tu fais force laitage,
N'eſt-ce pas? Et ton beurre ! il doit être excellent.
Mais qu'as-tu ſur le nez & ſur-tout le viſage ?
Des boutons ! Quoi, toujours tu boiras, mon ſatan?
Ta Margot le ſaura. Chut... Je ne boirai plus tant.
Soit, nous verrons s'il eſt vrai ton langage ;
Si tu deviens plus tempérant,
Plus menagé, moins négligent.
Soyez en sûr.. C'eſt bien, bon ſoir, Jean.. Bon voyage.
Je plante là mon homme, & m'en vas en riant.
De retour j'ouvre un livre, ou fais du griffonage,
Qu'au feu je jette promptement :
Après ma mort, je crains le cenſurage.
Une autrefois je fais mon teſtament ;
Qui ne contient qu'un quart de page.
Rabelais en fit un, mais c'eſt du ré-hauſage.
Le mien ! Quel beau morceau ! C'eſt à peindre vraiment.
Je pleure néanmoins ſur mon pauvre héritage :
Mes couſins, malheureuſement,
N'auront pas lieu de rire à mon enterrement :
En vérité c'eſt bien domage.
Enfin, dans mon délaſſement,
Aux Muſes, avec moi ſouvent dans le veuvage,
Je fais ma cour avec diſcernement,
Et mes vers ſont toujours l'écho du ſentiment.

REGRETS CHAMPÊTRES.

J'Aurais voulu dès mon enfance
Paſſer mes jours dans un hameau,
La ſolitude eſt le berceau
Où le bonheur a pris naiſſance.
C'eſt là que la candeur, la joie & l'innocence
Ont pour jamais établi leur ſéjour.
A l'abri des hauteurs de la fiere opulence,
Des faux ſermens d'une importune cour,
De la vertu ſans peine on y nourrit l'amour.
Sans être mêlés d'amertume,
C'eſt là qu'on ſent les vrais plaiſirs;
Si l'on éprouve des deſirs,
C'eſt l'amitié qui les allume.
Eſt-il, oh Dieu! de plus charmans loiſirs?
En cette tranquille retraite,
Mon ame heureuſe & ſatisfaite,
Mon cœur ſerein & mon eſprit joyeux,
Dans un loiſir délicieux,
Euſſent goûté la paix la plus parfaite.
Plus diſſipé, j'euſſe été moins heureux.
Sauvé des tourmens de la gêne,
Libre d'amour, exempt de haine,
Preſque toujours indifférent,
Sous l'égide de la ſageſſe,

Mon cœur moins foible & plus prudent,
N'eut réſervé de la tendreſſe
Que pour mes amis ſeulement.
Par quel fatal évènement
Le ſort dans un réduit champêtre
Refuſa-t-il, pour mon tourment,
De placer autrefois mon être?
Dans cet heureux éloignement
J'aurais appris à me connaître,
A diſtinguer le ſentiment
Des vils deſirs qu'en nous font naître
Ou le beſoin ou l'intérêt.
Moins porté vers ce doux attrait,
Et cette image enchantereſſe,
Des grands, des biens, du faux bonheur,
Dont l'avenir ſouvent trompeur
Berce toujours notre foibleſſe,
J'aurais employé ma jeuneſſe
A jouir de ce calme heureux,
Que méconnaît l'ambitieux,
Que le préſent offre ſans ceſſe
A l'homme ſage & vertueux.
Du ſort connaiſſant l'inconſtance,
Mépriſant ſes coups, ſa faveur,
J'euſſe apperçu cette nuit qui s'avance,
Nuit fâcheuſe pour la grandeur,
Nuit heureuſe pour l'indigence,
Nuit où finit notre dernier inſtant,

Où, comme une vapeur légère,
Nos jours s'éclipsent de la terre
Pour se perdre dans le néant.
Mais notre ame transcendante,
Soufle émané de l'Éternel,
Comme une colombe innocente,
S'envole en son sein paternel.
Que mon regret est donc réel
De n'avoir pu, dès mon enfance,
Passer mes jours dans un hameau;
La solitude est le berceau
Où le bonheur à pris naissance.

Carminibus curo miserarum oblivia rerum.

AVERTISSEMENT.

LE Lecteur est prévenu que le produit de ce petit ouvrage sera versé fidèlement dans le sein des indigens dont le nombre est considérable aux Ardennes, sur-tout dans les tems calamiteux où nous nous trouvons. Les pauvres ne mangent que du son avec du lait caillé *. Cet opuscule n'a point de prix fixe; on le paiera selon les sentimens de charité dont on sera animé. Il sera reçu franc de port, & si l'on juge à propos de donner quelque chose, quand ce ne seroit que la valeur de l'impression, on le fera passer à + [illegible] Il inscrira le nom des personnes & l'argent qu'elles auront délivré, lequel sera distribué avant la moisson, parce que la nécessité jusqu'à ce moment est plus urgente.

* Voyez le Journal de Bouillon première quinzaine de Juillet 1789.

+ Mr. Duclureaux Negt. rue des fourreurs au Duc Dorleans a Paris

www.ingramcontent.com/pod-product-compliance
Ingram Content Group UK Ltd.
Pitfield, Milton Keynes, MK11 3LW, UK
UKHW021036180726
13838UKWH00004B/1827